La Fea Durmiente

La Fea Durmiente

Por Howie Dewin

Scholastic Inc.

New York   Toronto   London   Auckland   Sydney

Mexico City   New Delhi   Hong Kong   Buenos Aires

Published in English as *Sleeping Ugly*

ISBN: 0-439-63199-8

Published by Scholastic Inc. SCHOLASTIC and associated logos are trademarks and/or registered trademarks of Scholastic Inc.

12 11 10 9 8 7 6 5 4 3 2 1   4 5 6 7 8/0

Designed by John Daly
Printed in the U.S.A.
First Spanish printing, May 2004

La Fea Durmiente

¡*Paf!* Una explosión de sonidos y olores salió del cobertizo de Shrek, y el aire se llenó de bolitas blancas. ¡*Pop!* ¡*Pop!* ¡*Pop!* Chocaron contra la fachada de la casa de Shrek.

—¡Qué mal educado! —protestó Burro cuando Shrek salió de su casa.

—Bueno, perdona, Burro —exclamó Shrek—, ¡pero este es mi cobertizo, esta es mi casa y este es mi pantano! Y yo soy un ogro y hago lo que me...

¡*Pop!* ¡*Pop!* ¡*Pop!* Salieron más bolitas blancas disparadas.

—¡Qué demonios...! —Shrek se tocó la oreja y sacó una miga de pan—. ¡Otra vez Hansel y Gretel! —gruñó.

—¿Ves? Eso es lo que decía. Pero ¿qué se le va a hacer? Estos chicos te adoran, Shrek —dijo Burro mirando a los personajes de cuentos de hadas que estaban en la orilla del pantano.

—¡Pues tienen una manera muy rara de demostrarlo! —refunfuñó Shrek.

—En fin —se rió Burro—. ¡Así son los chicos! Cuanto más te toman el pelo, más te quieren.

Shrek movió la cabeza. Siempre le había gustado la privacidad de su pantano sucio y húmedo, pero todo cambió desde el día en que salvó a los personajes de cuentos del malvado Lord Farquaad. Los personajes se fueron de la laguna cuando Farquaad desapareció, pero siempre volvían de visita. Shrek era su héroe y les gustaba ir al pantano.

—No hay manera de que se vayan —masculló Shrek.

—Ya veo —dijo Burro sonriendo—. ¡Qué duro es ser una superestrella!

Shrek se dirigió hacia la casa, donde le esperaba su adorable esposa verde, Fiona.

—¿Qué tal, Shrek? —gritó un pequeño gnomo.

—¡Qué vivan los ogros! —gritó una niña con trenzas rubias.

¡Pop! ¡Pop! Una miga de pan salió disparada a la nariz de Burro.

—¡Se acabó! ¡Ya basta! —gritó Burro con la nariz taponada. Arremetió contra el grupo de niños. Todos gritaron y se dispersaron.

Shrek llegó a la casa y Fiona le sonrió.

—¡Niños! —gruñó Shrek.

—A lo mejor, si los invitáramos... y si no fueras tan gruñón... no les divertiría tanto hacerte bromas —sugirió Fiona amablemente.

—Me gusta ser gruñón —dijo Shrek.

En el bosque, Burro tenía acorralados a los chicos.

—Estos movimientos no están mal para unas patas de burro ¿eh? —alardeó.

—¡Burro, no queríamos que te llegaran a ti! —se rió un osito.

—Puede que no —dijo Burro—, pero lo hicieron. Y además, a Shrek tampoco le gusta que le lleguen a él.

Una pequeña hada voló hacia adelante. —¡Solo estábamos divirtiéndonos!

—¡A todos nos encanta Shrek! —gritó el muñeco de Jengibre.

—¡Es verdad! —maulló un gatito—. Solo queremos estar con él.

Burro observó a los chicos. Sabía que eran pequeños, pero también sabía que a su amigo Shrek no le gustaba que lo molestaran, y enojar a un ogro no era una gran idea.

—Está bien —dijo Burro—. ¿Qué les parece si intento calmar a Shrek y los dejo entrar en el jardín? *Pero tienen que estar callados.* Yo les leo un cuento y ustedes escuchan. Así podrán ver a Shrek y Fiona de cerca, pero no pueden hacer ni un ruido.

La pequeña hada volvió a volar.

—¿Y por qué no quiere jugar con nosotros?

—Lo que tienen que entender —contestó Burro— es que Shrek es como una cebolla.

La pequeña hada sonrió.

—¿Eso qué quiere decir?

Burro hizo una mueca. En realidad él tampoco sabía lo que Shrek quería decir con eso.

—Miren —dijo—, ¿aceptan o no? ¿Quieren que les lea un cuento o no?

Los chicos gritaron entusiasmados: —¡SÍ!

—Y después del cuento, ¿me prometen que se irán a casa? —continuó. Los chicos asintieron. Burro tomó aire. Esto iba a ser un poquito complicado, pensó. Era un plan brillante, pero a lo mejor Shrek no lo veía de la misma forma.

Cuando llegaron al claro donde estaba la casa de Shrek, Burro se detuvo.

—Esperen aquí —les dijo a los chicos—. Les haré una señal cuando puedan entrar en el jardín.

A los chicos se les escaparon unas risitas mientras Burro se dirigía a la puerta principal.

—¿Te has encargado de nuestras bestezuelas de cuento? —le preguntó Shrek a Burro cuando este llegó.

—Eh... sí, claro. No ha habido ningún problema, pero..., bueno, ya sabes, Shrek he pensado que...

El ogro levantó una ceja. Olía problemas.

—Bueno, estaba pensando que... a lo mejor sería buena idea que los invitaras. Así no les parecería tan emocionante, ¿no?

—Hablas como Fiona —dijo Shrek frunciendo el ceño—. Y te diré lo que le dije a ella: Absolutamente, no. Si digo que sí una vez, no habrá manera de que se vayan.

Burro apartó la mirada nerviosamente, pero siguió hablando.

—Te diré lo que se me ha ocurrido: ¡la hora del cuento en el vecindario! ¿No te parece brillante? Estarán calladitos y tranquilos y, cuando termine el cuento, ¡se irán a casa!

—Burro, antes de nada, te diré que esto no es un vecindario, es un pantano. Y además... ¿qué es esto?

cuando el rey Esteban y la reina Ana anunciaron el nacimiento de su hija, Rosa. El rey Esteban anunció que habría una gran celebración para que Felipe conociera a Rosa. Las damas y los caballeros se pusieron sus mejores ropajes, y una caravana de doce carrozas doradas llevó al rey Esteban, al príncipe Felipe y a sus ayudantes al castillo de Rosa.

Shrek gruñó y se tapó los oídos. Empezaba a pensar e prefería jugar a las escondidas a oír un cuento de as. En todos salía gente hermosa y reinos perfectos ie era amable con los ogros. Observó a los niños cuchaban a Burro.

son precisamente muy hermosos para salir de un e hadas", pensó Burro, pero siguió leyendo.

do el mundo empezó a vitorear, y una luz bri- n los colores del arco iris llenó el gran salón. on tres hadas buenas: Molly, Blossom y laron hasta donde estaba la niña y son- a tan dulce.

Los ojos de Shrek se abrieron hasta atrás. Detrás de Burro apareció una multitud de criaturas. Estaban Hansel y Gretel, tres ratoncitos ciegos, el muñeco de jengibre y dos hadas pequeñitas, tres gatitos sin mitones, un niño con la nariz muy larga, un gnomo muy pequeño y un osito.

—Eh…. hmm —murmuró Burro—, como te iba diciendo… ¿Te dije que ya les había dicho lo de la hora del cuento?

Los chicos empezaron a gritar y a saltar de alegría alrededor de Shrek hasta que este gritó: —¡Burro!

—No te preocupes, Shrek —dijo Burro saliendo del cobertizo—. ¡Yo me encargo de todo! Yo leeré los cuentos. Todo lo que tienes que hacer tú es estar por aquí y ser tú mismo.

Burro salió del cobertizo llevando el *Gran libro de cuentos de hadas* que usaba Shrek como papel higiénico.

—¿Les vas a leer un *cuento de hadas*? —gritó Shrek.

—Sí, si encuentro alguno con todas las páginas —murmuró Burro hojeando el libro con su casco.

—¡Detesto los cuentos de hadas! —gritó Shrek.

Los chicos miraron sorprendidos a su héroe. Dijera lo que dijera, e hiciera lo que hiciera, los hacía reír.

La valiente hada voló hacia adelante y dijo nerviosamente: —Si no quieres leernos un cuento, a lo mejor quieres jugar a las escondidas con nosotros.

Los chicos empezaron a vitorear, a dar saltos y a jalar a Shrek de los brazos.

—¡No! —exclamó Shrek horrorizado—. ¡Nada de escondidas! ¡Burro, haz algo! ¡Quítamelos de encima! ¡Léeles el cuento!

—¡Siéntense! —gritó Burro con una voz que le sorprendió hasta a él mismo. Los chicos se callaron y se sentaron inmediatamente.

Shrek se frotó la cara y gruñó. Burro siempre lo metía en líos y ahora ¡se había pasado de la raya!

—Bien, parece que este es el único que tiene todas las páginas —dijo Burro sonriendo a Shrek.

—¿Cuál es? —preguntó Hansel.

—La Bella Durmiente —anunció Burro.

Los chicos dieron un grito de alegría y esperaron a que empezara el cuento.

Érase una vez un Reino muy gobernado por un Rey muy apues Esteban, y su bella y amable es

Cerca de allí, el rey Luis gente todavía más buena y hijo que se llamaba prí

Hacía mucho tie que un día se cas marían uno sol

La primera hada, Molly, agitó su varita mágica y le concedió a la Princesa el don de una belleza extraordinaria.

La segunda hada, roció a la niña con sus polvitos mágicos y proclamó que tendría un talento musical increíble.

La tercera hada estaba a punto de ofrecer su regalo, pero de repente, el castillo se llenó de un humo denso y negro. Cuando el humo empezó a disiparse, apareció una hada terriblemente mala, pero muy bella: Egoella.

—A alguien se le olvidó invitarme —gritó—, ¡a pesar de que soy el hada más bella de todas!—. El aire se llenó de una luz verde brillante.

Los reyes y las reinas temblaban. La gente estaba aterrorizada. El hada mala, con su nariz perfecta, su piel de porcelana y sus dientes blancos como perlas, era famosa por su vanidad, pero lo que es peor, también por sus terribles acciones.

—¡Aunque nadie me invitó, he traído un regalo! —gritó.

Las tres hadas buenas tragaron saliva solo de pensar en el regalo de Egoella.

La malvada hada levantó su varita y le dijo a la inocente niña:

"Disfruta de tu talento musical y de tu belleza
porque no vivirás para cantar más de una pieza.
Antes de que cumplas 16 años, adiós nos dirás,
te pincharás con una aguja y ¡MORIRÁS!".

La gente empezó a gritar y a llorar. La reina Ana casi se desmaya. Las facciones del rey Esteban se endurecieron de ira.

—¡Basta! —gritó Shrek—. ¡No lo puedo soportar!

Los chicos tragaron saliva.

—Ahora no puedo parar —protestó Burro—. Viene la mejor parte.

—¡No SOPORTO los cuentos de hadas! —aulló Shrek—. ¡Dame ese libro!

Burro saltó hacia atrás cuando las grandes manos de Shrek rompieron las páginas en mil pedazos.

—¿Pero qué pasó después? —lloriqueó Gretel.

—¡Eso! —gritaron los otros niños—. ¿Qué pasó con Felipe y Rosa?

Burro le frunció el ceño a Shrek.

—¿Y ahora qué?

Los chicos empezaron a gritar. Los gatitos empezaron a arañar la pierna de Shrek.

—¡A las escondidas! —gritó el hada y los chicos se abalanzaron sobre Shrek.

—¡No! ¡No! ¡No! —suplicó Shrek—. ¡Aléjense de mí! ¡Está bien! Terminaré el cuento, pero lo voy a hacer ¡a mi manera!

Los chicos dieron gritos de alegría y se subieron encima de Shrek. Burro no podía creer lo que estaba oyendo. Su plan había resultado más brillante de lo que él pensaba.

—¡SIÉNTENSE! —aulló Shrek—. No puedo oír lo que pienso.

Los chicos se sentaron en silencio en el suelo. Se inclinaron hacia adelante y esperaron a que Shrek empezara. Shrek se rascó, respiró profundamente y continuó el cuento... a su manera.

—Mientras la gente gritaba y se desmayaba, demostrando que no servían de mucha ayuda, las tres hadas con nariz de papa se escondieron detrás de un gran pilar y empezaron a planear su victoria...

—Esto es horrible —gritó Molly, limpiándose la cara. Siempre sudaba un montón cuando se ponía nerviosa.

—Sí —asintió Blossom—. Es horrible, pero te...tenemos suer...te...te de ser ha...hadas.

Molly se acercó y le limpió la saliva que le había quedado a Blossom en la barbilla. Como Blossom tenía todos los dientes hacia fuera, le resultaba muy difícil hablar sin escupir.

—Intenta no decir demasiadas "t", cariño —dijo Molly—. Cuando las dices, escupes más.

—¡Ti...tienes razón! —dijo Blossom, y esta vez la saliva cayó en la nariz de Wanda.

Wanda se limpió la cara y dijo: —Tenemos que descubrir la manera de proteger a la niña hasta que cumpla dieciséis años—. Molly y Blossom se alejaron al oír la voz de Wanda. Normalmente era un poco chillona, pero cuando se ponía nerviosa, sonaba como un millón de mosquitos zumbando a la vez.

—Podríamos llevar a la Princesa al bosque y dejarla allí durante 16 años, llevando una vida sencilla y sin hacer nada de magia para que nadie notara nada extraño —dijo Molly. Se lamió el sudor que caía por su labio superior.

—¡Qué aburrido! —chilló Wanda.

—¡Te...terrible! —escupió Blossom—. Yo te...tengo que esta...tar en la ciudad. ¿No podemos inven...ta...tar una pócima para defenderla?

Wanda se volvió a limpiar la cara y dijo: —Yo todavía no le he lanzado mi hechizo. A lo mejor puedo invertir los hechizos que ustedes hicieron y conseguir que no sea bella ni sepa cantar.

Molly y Blossom estaban confundidas.

—¡Claro! —chilló Wanda—. ¡Eso es! ¡Nos trasladaremos al otro lado del reino con una niña feísima que llora como una foca enferma! ¡Nadie sospechará nada!

Molly dejó de sudar.

—¡Es...tu...tupendo! —dijo Blossom casi sin escupir.

Las tres hadas fueron a ver al Rey y la Reina, que se dirigían a sus aposentos privados.

Molly le dio a la Reina un golpecito en el hombro y dijo: —¿Su Alteza?

La cara de la Reina estaba muy triste. Molly empezó a notar que la cara se le llenaba de sudor, pero respiró hondo y dijo: —Debe confiar en nosotras. Váyase ahora. La mantendremos a salvo.

El Rey y la Reina sabían que las hadas eran muy buenas. Así que la Reina puso a su hija en los brazos de Molly y se fue con el Rey.

Wanda sacó su varita mágica y susurró:

"Ibas a ser bella y cantar como los pajaritos,

pero vino Egoella y te echó sus maleficios.

Por eso te esconderemos y aunque parezca mentira

serás más fea que comer una horrible lagartija".

En ese instante, la hermosa niña se transformó en una criatura pequeña de ojos saltones que aullaba espantosamente. Comparada con ella, Wanda parecía un ruiseñor.

Al verla, las tres hadas se quedaron con la boca abierta.

—Creo que será mejor que busquemos otro lugar para vivir —dijo Molly tartamudeando.

—Vayamos al barrio más de moda de la ciudad —añadió Molly.

Las tres estaban a punto de salir volando, cuando el aire alrededor de ellas se llenó de unos polvitos verdes y brillantes.

—¡Un momento! —gritó un hada robusta que llevaba uniforme.

—Vaya —suspiró Wanda—. Mi carcelera de la libertad condicional.

—¿Eres una presidiaria? —preguntó Blossom alarmada.

—Fue por causa de un hechizo equivocado, hace mucho tiempo —chilló Wanda—, con un rey insignificante del que nadie había oído hablar y... en fin, lo convertí en una roca...

—Y ahora —dijo el hada Carcelera—, ¡has vuelto a meter la pata!

—¿Qué? —chilló Wanda.

—Acabas de utilizar tu último hechizo de la semana y ¡ya no hay manera de que esto tenga un final feliz! Los he contado: ¡siete desde el domingo! —gritó.

Las tres hadas se quedaron pasmadas.

—¿Es que lo tengo que poner por escrito? —gruñó Carcelera—. Has usado tu último hechizo para hacer que la Princesa sea fea, pero no has indicado la manera de romperlo, ni con un beso. ¿Qué pasará si se pincha con un huso y se muere? ¿Cómo se va a arreglar eso?

Las hadas tragaron saliva. Carcelera tenía razón. ¡Habían metido la pata hasta atrás!

—¡Ti...tienes que perdonarnos! —le rogó Blossom—. ¡Te...tenemos que arreglarlo!—. Salpicó a Carcelera con su saliva.

—¡Qué asco! —dijo Carcelera y se limpió la cara.

—¡Tienes que ayudarnos! —gritó Molly.

Carcelera se quedó mirando a las tres hadas y movió la cabeza.

—Lo que habría que hacer es... —murmuró—. Está bien. Autorizo un hechizo más. ¡Pero el mío! Y con la condición de que yo me vaya a vivir con ustedes, durante los próximos 16 años, y ¡quiero una habitación para mí solita!

Las hadas asintieron. Carcelera miró a la Princesa y dijo:

—*Si el hechizo del pinchazo ocurre,*
no te preocupes, haré que no dure.
Dormirás un tiempo y después despertarás,

un sin fin de melodías cantarás

y serás más bella que las demás.

Carcelera terminó su poesía rápidamente porque se estaba dando cuenta de que no rimaba demasiado bien. Pero decidió que no le importaba y levantó su varita mágica para que se cumpliera el hechizo. Wanda la agarró del brazo.

—Muy bien —dijo Carcelera—. No es un poema maravilloso, pero funcionará.

—¡No! —gritó Wanda—. ¿Qué pasará si nunca se pincha con un huso y cumple los 16 años y sigue siendo feísima y cantando peor que un sapo?

Carcelera pensó durante un rato muy largo. Luego movió la cabeza.

—No consigo arreglar esa rima. ¡Supongo que tendremos que usarla como está!

Levantó su varita mágica y lanzó su hechizo.

CUATRO

Burro sonrió a los chicos y se acercó a Shrek para susurrarle algo.

—Shrek, ¿por qué estás cambiando tanto el cuento? A los chicos les gusta el que ya conocen.

—¿Quién está cambiando el cuento? —respondió Shrek—. Así es como sucedió en realidad.

Burro negó con la cabeza.

—¿Ah, sí? Pues yo no lo recuerdo así. Estoy dispuesto a aceptar algún cambio aquí y allá, pero lo del hada carcelera ¡no lo recuerdo para nada!

—Está bien, Burro. Digamos que me estoy tomando ciertas libertades ogrísticas —contestó Shrek con una sonrisa.

—Se dice artísticas —le corrigió Burro.

—Ya lo sé. Era una broma—. Shrek estaba orgulloso de sí mismo.

—Sí, claro, lo que tú digas —murmuró Burro y volvió a sentarse donde estaba.

—¿Qué pasó después, Shrek? —preguntó el osito.

Shrek se rascó la cabeza y continuó.

Pasaron los años y las cuatro hadas criaron a la Princesa, que se convirtió en una dulce joven de ojos saltones y nariz de papa. Pero nunca le dijeron quién era por miedo a que revelara su identidad a la persona equivocada. Así que pasaron todos los días y todas las noches en un apartamento enorme que estaba encima de un restaurante chino, en la esquina más de moda del reino. A Rosa le encantaba asomarse por la ventana y escuchar a los chicos de la calle cantar sus canciones y recitar sus poemas. Deseaba estar con ellos, pero nadie quería jugar con ella. Con esa cara que tenía era difícil hacer amigos y, si abría la boca, era peor todavía. Su voz era como una mezcla de la rana René y Louis Armstrong.

Así que se pasaba casi todo el tiempo con sus queridas hadas, que ya no sabían qué hacer para entretenerla sin usar la magia. No querían hacer nada que llamara la atención. Y, como ellas bien sabían, la magia no siempre era fácil de predecir e incluso las mejores hadas no siempre podían controlar lo que iba a pasar una vez que lanzaban sus hechizos. Por eso, hacía tiempo que las hadas habían decidido no usarla.

El día antes de que la Princesa cumpliera 16 años, el aire del apartamento estaba lleno de emoción.

—¡Te...terminó! —escupió Blossom—. ¡Ya no te...tenemos que preocuparnos más por los husos!

—Bueno —chilló Wanda—, pero tampoco seguiremos teniendo a Rosa. Y esta noche le tenemos que contar quién es y por qué ha vivido con nosotras todos estos años.

—Tenemos que hacer miles de cosas antes de llevarla mañana con el Rey y la Reina.

—Si es que la quieren... —susurró Carcelera mirando a la peculiar Princesa—. Debería haber intentado hacer una poesía mejor. Ahora siempre será... distinta.

—Qué tris...triste —escupió Blossom.

—Y que lo digas —asintió Molly.

Pero las cuatro hadas estaban pensando lo mismo. ¿Qué pensarían el Rey y la Reina cuando vieran a su hija tan cambiada? Lo único bueno era que las hadas la habían protegido. Lo malo era que no podían hacer nada para que dejara de ser tan fea.

—¡Hagamos una gran fiesta! —dijo Wanda.

—¡Una fiesta sorpresa! —asintió Molly.

—Rosa —la llamó Carcelaria—, ¿te importaría hacer unos encargos?

Rosa sonrió dulcemente, aunque cada uno de sus dientes apuntaba a un sitio distinto.

—Claro —contestó con voz de rana.

En un minuto, las hadas hicieron una lista para que

la Princesa fuera con el boticario, el carnicero, el vidriero, el picapedrero, el zapatero remendón y a la tienda de todo a un chelín.

—Esta lista es muy larga —dijo Rosa con una sonrisa.

—No tengas prisa, querida —dijo Wanda. Ayudó a la Princesa a ponerse el abrigo.

—Ta...tarda to...todo el ti...tiempo que quieras —canturreó Blossom.

Rosa miró extrañada a las hadas y salió por la puerta.

—¡Muy bien! —masculló Carcelaria al cerrarse la puerta—. ¡Espabílense! ¡Tenemos que planear la fiesta!

CINCO

La princesa Rosa abrió la puerta del edificio y salió a la acera mirando el cielo. Hacía un día precioso. El cielo estaba azul. Los pájaros cantaban. Y las hadas la habían dejado salir sola. Eso no pasaba con frecuencia. Podía sentir el ritmo de la calle subiendo por sus grandes pies. Sus piernas la llevaron al ritmo pon-pon. Al poco rato, como muchas otras veces, empezó a oír en su cabeza palabras que rimaban.

Las hadas le habían dicho que no tenía talento para la música. A lo mejor era verdad. No podía cantar una sola nota. Lo que oía en su cabeza en realidad no era una canción, pero desde luego tenía cierto ritmo:

"Me puedes llamar Rosa porque así me llamo.
Dicen que soy una princesa, pero es un engaño.
Nunca he visto una princesa con una cara así.
Pero no me importa porque me gusta a mí".

Rosa sonrió. Le gustaba su poesía. También sonreía porque lo que había dicho era verdad. Ella pensaba que no tenía mal aspecto. No le molestaba que los otros niños no se quisieran acercar. Tenía a sus hadas y a muchos animalitos que eran sus amigos.

Justo entonces, se cruzó un ratoncito por su camino. Rosa sonrió.

—Oye, cosita, no tengas miedo —dijo con voz de rana. El ratón se detuvo y la miró. Ladeó su cabeza al oír el extraño sonido de su voz. Rosa se acercó y le acarició la cabeza. Luego, continuó su camino. Pasó una paloma. Rosa gorgoteó y le acarició las plumas con mucho cuidado.

—Hace un día muy bonito y he salido de la casa.

Aquí están mis amigos: un ratón y una paloma blanca.

No me preguntes qué quisiera si me concedieras un deseo,

porque solo quiero un beso de un príncipe verdadero.

En fin, si esta poesía no me sale tan bien, será porque en realidad no debo desear eso —le dijo a la paloma sonriendo.

Lo que no sabía la pequeña Rosa es que la paloma no era la única que escuchaba su tonadilla. Justo a la vuelta de la esquina, había un joven alto y flaco. Tenía la piel llena de bultos y le salían pelos por las orejas. Tenía un mechón de pelo verde y su ropa era un desastre. Pero, al verlo, se notaba enseguida que era feliz. Caminaba con confianza y no se preguntaba quién era.

Sin embargo, en ese momento, no se movió. Estaba demasiado impactado y sorprendido por la voz que había oído y las palabras que flotaban en el aire. Le encantaba el ritmo y la rima. Le encantaba esa risa sentimental. Le encantaba esa voz tan diferente. Quien fuera la que habló, le había robado el corazón.

Respiró hondo y dio vuelta a la esquina. Rosa y él se encontraron cara a cara, narizota con narizota, y se miraron.

Rosa no entendía por qué le temblaban las rodillas como flan. Nunca se había sentido así.

El joven tragó saliva. Jamás había visto a una joven tan bella. Sabía que era la chica de sus sueños.

—¿Cómo andas, mi bella poetisa? —preguntó.

—Con mis piernas, me doy prisa —contestó Rosa que todavía intentaba entender por qué no podía dejar de mirar al joven.

—He escuchado tu rap. Me parece genial.

—¿Quién eres tú? Tampoco estás mal.

El joven sonrió y le ofreció el brazo a Rosa.

—Soy una máquina que rima y rima, y quiero decir que tu voz me fascina.

—Es un placer oírte rimar. Supongo que podemos ir a pasear —Rosa soltó una risita y tomó el brazo del joven.

—Quiero mostrarte las cosas más hermosas: el río,

el establo y las carreras de carrozas —dijo el joven sonriendo.

Rosa abrió muchísimo los ojos. Se sentía como si estuviera flotando.

—Esto sí que es una casualidad. Son mis cosas favoritas, de verdad.

Rosa y el joven bajaron por la calle. Se pasaron todo el día rimando. Tiraron piedras en el río, hablaron con los caballos y animaron a las carrozas en las carreras.

Cuando se fueron de las carreras, Rosa se dio cuenta de que no sabía cómo se llamaba el joven. Entonces, dijo: —Creo que ya te conozco y sé que eres un gran hombre, pero por extraño que parezca, ¡ni siquiera sé tu nombre!

El joven sonrió y, tomando a Rosa de la mano, contestó:

—*Todos mis amigos me llaman Felipito,*
hazme tu príncipe o el corazón me quito.

Y si lo haces, nos daremos un beso,

seremos felices y comeremos queso.

Rosa casi se desmaya. Por fin entendía lo que estaba sintiendo. ¡Estaba enamorada! El mundo giraba más rápido que nunca. Miró al cielo y se rió. En ese momento, también se dio cuenta de que el sol se estaba poniendo. De repente, recordó todos los encargos que tenía que hacer y todas las veces que las hadas le habían dicho que no hablara con desconocidos. Se quedó helada. Felipito se quedó sorprendido por el cambio.

—¿Qué ocurre? —preguntó.

Rosa se alejó de él, escribió su dirección y un mensaje en un papel: "Esta noche, a las 7:30". Puso el papel en su mano y dijo:

—Si me preguntas qué quiero,

por un beso de príncipe muero.

—¡Pst! ¡Burro! —Shrek despertó a Burro de su sueño romántico.

Burro fue corriendo hacia Shrek.

—Está quedando precioso, Shrek.

—¿No crees que es demasiado cursi?

—No, para nada. Muy, muy lindo. Pero claro, yo no soy romántico.

Shrek miró las caritas de los chicos que esperaban el resto del cuento.

—¿Y qué pasó con el hada malvada? —preguntó Hansel—. ¡Quiero acción!

—¡Eso! ¡Destruye algo! —gritó el pequeño gnomo.

—¿Cuándo se van a besar? —preguntó Gretel.

—¡Eso! —gritaron los tres ratoncitos ciegos.

—Es un público muy difícil —rebuznó Burro—. Más vale que le eches un poco de gracia, Shrek.

Shrek asintió.

—Volvamos al cuento —dijo Shrek subiendo la voz—.

En el castillo estaban haciendo los preparativos. El Rey y la Reina habían esperado 16 años la llegada de este día. Pensaban dar una gran fiesta. El gran salón estaba lleno de carteles de colores. Las damas y los caballeros vestían sus mejores ropajes.

Desde la gran escalera del gran salón, el rey Esteban observaba cómo preparaban las largas mesas para el banquete.

El rey Luis entró en el salón.

—¡Luis! —gritó el rey Esteban—. ¡Por fin ha llegado el día!

Luis parecía muy nervioso.

—Esteban, tenemos que hablar.

—¡Sí! ¡Hay tantas buenas noticias! —asintió el rey Esteban.

El rey Luis respiró hondo y dijo: —Eh, es que...

—Usen los mejores cubiertos de oro y plata —les dijo Esteban a sus sirvientes.

—Eh... no sé cómo contarte esto —continuó Luis—, como tú bien sabes, el Príncipe no creció como esperábamos...

—¡Abran todo el vino! —anunció Esteban.

El rey Luis se dio cuenta de que el rey Esteban no estaba escuchando. Decidió que debía confesarlo todo rápidamente: —Parece que el príncipe Felipe..., me temo que... ¡que se ha enamorado de otra persona!

—¡El amor! ¡El amor! —se rió el rey Esteban—. ¡Qué lindo es estar enamorado!

—"Nos daremos un beso y comeremos queso" —dijo el rey Luis—. Desde que se enamoró, no deja de decir eso una y otra vez.

—¡Acción! —le interrumpió Hansel a Shrek de repente—. ¿Dónde está la acción?

—¡Está bien! —gritó Shrek—. ¿Quieren acción? Pues les daré acción.

¡Bang! ¡Cras! ¡Clan! En el castillo de la malvada hada Egoella el panorama no era tan feliz.

—¿POR QUÉ NADIE HA ENCONTRADO A LA NIÑA? —gritó a su ejército de troles malvados—. ¡DIECISÉIS AÑOS Y NADA DE NADA!—. Arañó el cielo con sus largas uñas. Luego se detuvo para admirar su reflejo en el espejo, y añadió: —¡LOS HARÉ DESAPARECER!

De repente, el piso donde estaban los troles se abrió. Gritaron aterrorizados y cayeron como piedras a los ríos subterráneos ardientes. Egoella se rió malvadamente. Agarró un pájaro negro que volaba por ahí.

—¡Tú! —gruñó—. Tienes cuatro horas para encontrar a la Princesa ¡o correrás la misma suerte!

El cuervo graznó. Después salió volando del castillo en busca de la Princesa.

En el apartamento, las hadas empezaban a inquietarse.

—¿Esto les parece un vestido? —preguntó Molly. Por su frente caía un río de sudor que aterrizó en una tela extraña que estaba sobre la mesa de la cocina.

—¿Eso es un vestido? —dijo Carcelera agarrando la tela. La sujetó por la parte que se suponía que era una manga, pero los dos extremos estaban cosidos.

—Te...terrible —escupió Blossom—, pero ti...tiene mejor aspec...to que mis fri...tu...turas de fru...ta.

Las hadas se limpiaron la saliva de la cara y observaron unos bultos negros que había en una bandeja de horno. Después echaron un vistazo al apartamento y el desastre que habían hecho. No tenían ni vestido, ni comida, ni decoraciones. Rosa volvería en cualquier momento y no habría fiesta. Carcelera se sentó derrotada.

—Creo que no podremos hacer una buena fiesta sin un poquito de magia —susurró Wanda.

Se miraron entre ellas para ver qué pensaban. Y, de repente, se fueron volando hacia una caja especial que habían escondido debajo de las maderas del piso. Agarraron sus varitas mágicas y apuntaron a todo lo que veían.

—¡Yupi! —gritó Molly. Era una maravilla volver a usar la magia.

—¡Yepa! —exclamó Blossom.

—¡Yupi-yepi-yei! —Wanda estaba tan entusiasmada que rompió tres copas con sus chillidos.

El ruido y las chispas también salían por la chimenea. Justo en ese momento, el cuervo malvado de Egoella volaba por allí. Los gritos casi lo hicieron caer del cielo. Salió en picada hacia el ruido. El cuervo se paró en la ventana. Enseguida reconoció a las hadas que estaban arreglando el apartamento y convirtiéndolo en el lugar perfecto para una fiesta. También vio a una joven en la calle que entraba en el edificio. El cuervo sonrió todo lo que puede sonreír un cuervo. ¡Las había encontrado! Sin hacer ruido, movió sus alas y regresó para contarle las noticias a Egoella.

Rosa subió las escaleras hasta el apartamento. Había llegado flotando en una nube de felicidad. Cuando abrió la puerta del apartamento, vio el panorama perfecto para lo que sentía en esos momentos. El aire brillaba. Cintas y moños colgaban de una puerta a otra. El apartamento estaba lleno de luz y de color y, justo enfrente de ella, flotaba el vestido más maravilloso que había visto en su vida.

Molly, Blossom, Wanda y Carcelera dieron palmaditas y esperaron las primeras palabras de Rosa. Estaban muy contentas con su trabajo.

—¡Oh! —exclamó Rosa—. ¡Estoy ENAMORADA!

Las hadas tragaron saliva horrorizadas y sorprendidas. Rosa empezó a bailar.

—*¡Nos daremos un beso y comeremos queso!* —canturreó.

Las hadas se olvidaron inmediatamente de la fiesta.

—¡Esto es un desastre! —rugió Carcelera.

—¡Vendrá aquí esta noche! —exclamó Rosa.

—¡Mañana tienes que conocer al que será tu esposo! —gritó Molly—. Hace mucho tiempo te dije que un día conocerías a tu príncipe.

—Sí, bueno —chapurreó Rosa—, pero nunca dijiste un día en particular. ¿De qué estás hablando?

—Puede que no te...te hayamos con...ta...tado algo —dijo Blossom.

—¡Vamos al castillo! —chilló Wanda—. Le explicaremos todo lo que podamos en el camino.

Rosa intentó detenerlas, pero las hadas la abrigaron y la sacaron por la puerta.

—*Nos daremos un beso y comeremos queso* —sollozaba Rosa una y otra vez mientras la sacaban de su casa.

—¡Ejem! —Burro intentaba llamar la atención de Shrek.

—¿Qué pasa, Burro? —susurró Shrek—. ¡Ahora viene la parte emocionante!

—Eso está muy bien. Ya lo veo, pero me preocupa que...

—¿Qué? —Shrek se estaba enojando.

—¡El final feliz, Shrek! Va a haber uno ¿verdad? —Burro se alejó de los chicos y susurró—: En fin, que supongo que querrás que todo salga bien, pero además tiene que haber un final feliz... ¡aunque eso suponga que todos acaben siendo hermosísimos al final!

—¡Es mi cuento, Burro! ¡No tengo por qué hacer nada! ¡Ahora, siéntate!—. Shrek señaló con su dedo verde a Burro.

Burro suspiró y volvió a su asiento.

—Muy bien —dijo Shrek—. ¿Dónde estábamos? Ah, sí...

Las hadas usaron su magia para llevar a la Princesa al castillo. Tenían que hablar con el Rey y la Reina. Escondieron a Rosa en su antigua habitación. Entonces, fueron al pasillo y empezaron a trazar un plan.

—Dieciséis años perfectos —protestó Carcelera— ¡y ahora esto! ¿Qué les vamos a decir a sus padres?

—Perdone, Su Majestad, conseguimos mantener a su hija con vida, pero desgraciadamente tiene aspecto de sapo y ah, claro, además se ha enamorado de alguien que conoció esta mañana —sugirió Wanda.

—¡No! —protestó Carcelera.

—Molly te...tendría que hablar con ellos —escupió Blossom.

—¿Qué? —respondió Molly. Estaba sentada en un charco de sudor—. ¿Por qué yo?

—Porque a mí me a...te...terra —dijo Blossom.

Mientras discutían, una luz verde brillaba por debajo de la puerta.

—Oye —dijo Carcelera cuando vio la luz—, ¿qué es eso?

—Es una luz verde que brilla —chilló Wanda—. Ya sabes, como las que usa Egoella cuando va a hacer algo muy malo.

—¡AAAAAAAHHH! —gritaron las hadas. Se apresuraron a ir a la habitación. ¡Rosa había desaparecido!

—¡Miren! —gritó Molly—. ¡Esa escalera antes no estaba ahí!

—¡Al ataque! —gritó Carcelera. Las hadas salieron volando por la escalera mágica. Volaron muy rápido, pero no consiguieron alcanzar la luz verde.

—¡Rosa! —gritaron. No hubo respuesta.

Por fin, llegaron hasta la cima. Delante de ellas había una gran puerta de madera. Se lanzaron contra ella y la puerta se abrió.

La peor de sus pesadillas se había hecho realidad.

Rosa yacía en el suelo de piedra, cerca de una rueca. En la aguja había una gota de sangre. La luz verde y brillante se convirtió en Egoella. Lanzó unas risas terroríficas y desapareció.

Las hadas se abalanzaron sobre la joven Princesa y lloriquearon.

—¿Qué hemos hecho? —aulló Molly.

—¡Se ha ido! —chilló Wanda.

—¡No! —dijo Carcelera con una gran suspiro—. ¡No se ha ido! Está dormida. ¡Espabílense!

—¿Qué te...tenemos que hacer? —escupió Blossom.

—Necesitamos tiempo —anunció Carcelera—. Debemos hacer que todo el reino duerma hasta que consigamos arreglarlo. ¡Vamos!

Las hadas obedecieron las órdenes. Llevaron a Rosa a su habitación. La depositaron suavemente en la cama. Entonces, todas salieron en distintas direcciones para hacer que todo el reino se pusiera a dormir.

Molly estaba a cargo de los tenderos y la gente del pueblo. Carcelera se encargaba de los niños. Blossom puso a todos los animales a dormir. Wanda fue al gran salón para hechizar a la familia real y su corte.

Cuando les estaba dando golpecitos en la cabeza al Rey y a la Reina, susurró: —Lo siento—. Y se durmieron inmediatamente.

El rey Luis cayó en un estupor y empezó a mascullar.

—Lo siento, rey Esteban, pero el Príncipe se ha enamorado —dijo el rey Luis como si estuviera hablando con el padre de Rosa. Luego empezó a canturrear—: *Nos daremos un beso y comeremos queso. Nos daremos un beso y comeremos queso.*

Wanda se quedó con la boca abierta. ¡Eso era lo mismo que la Princesa estaba cantando! ¿Sería posible que cuando la Princesa salió a la calle se enamorara del Príncipe?

Wanda se fue corriendo adonde estaban las otras y les contó las noticias.

—¡Es...tu...tupendo! —gritó Blossom.

—¡Tiene que besarla! —gritó Molly—. ¡Tenemos que encontrarlo!

—¡Iba a venir al apartamento esta noche! —exclamó Carcelera—. ¡Al ataque!

NUEVE

Las hadas volaron tan rápido que llegaron al apartamento en unos minutos. Pero aun así, cuando abrieron la puerta, descubrieron que era demasiado tarde. Había platos rotos. Los muebles estaban patas arriba. Las ventanas estaban abiertas.

—Me te...temo que Egoella lo encon...tró primero —gritó Blossom.

—Este día no está saliendo muy bien —gruñó Carcelera.

—Saben lo que significa esto, ¿no? —dijo Molly. Se quitó su vestido y le exprimió el sudor.

—Oh —chilló Wanda rompiendo la única copa que no estaba rota—. ¿Tenemos que ir al horrible y malvado castillo de Egoella para encontrarlo?

Molly asintió. El sudor le caía por la cara y le resultaba difícil hablar.

—Se te...terminó el final feliz —suspiró Blossom.

—¡Se acabó! ¡Basta de lloriquear! —dijo Carcelera—. Quiero ver hadas volando ¡inmediatamente!

Las hadas saltaron al aire. Les daba miedo desobedecer. Salieron volando por la ventana hacia el reino malvado de Egoella.

—Ooooooh....

Shrek dejó de hablar. Un extraño gemido llenó el aire.

—¿Qué es ese ruido? —preguntó Shrek.

Los chicos del bosque miraron hacia un lado. Señalaron a Burro. Tenía la cabeza escondida entre sus patas y se tapaba los ojos con las orejas. Shrek movió la cabeza. Le dio un golpecito en el hombro. Burro levantó lentamente una oreja de su ojo derecho y miró hacia arriba.

—Es horrible, Shrek —dijo Burro—. Espantoso. Creo que las cosas no le van a salir bien a la Princesa.

—Burro —gruñó Shrek—, si no lo puedes soportar, vete a la casa.

—¡Eso! —gritaron los chicos.

—Es solo un cuento de hadas —dijo el niño de madera con la nariz grande.

—Oye, gracias —dijo Shrek—. Yo pensaba que estaba saliendo muy bien.

—Ya me entiendes —dijo el niño—. Es un cuento muy bueno, pero al final, es solo un cuento. A mí nunca me daría miedo—. En ese momento, la nariz del niño creció tres centímetros—. Bueno, me da un poquito de miedo, ¡pero sigue!

Los niños vitorearon. Burro respiró hondo.

—Estoy bien —dijo—. Sigue, Shrek, lo podré soportar.

Las hadas volaron hasta que el aire se volvió oscuro por el humo de Egoella. El castillo apareció en medio de la neblina oscura. Una a una, se metieron por las ventanas con barrotes. La risa malvada de Egoella retumbaba por todas partes. Las hadas iban de una habitación a otra y volaban bajo por los pasillos. Encontraron una escalera oscura y sinuosa. Y allá fueron. Al final, llegaron al calabozo.

Allí encontraron al Príncipe. Estaba atado y amordazado. Sin decir una palabra, las hadas se pusieron a liberarlo.

—¡Qué ilusión! ¿Quiénes son? —preguntó el Príncipe cuando lo liberaron.

—No importa —dijo Carcelera—, solo tienes que besar a una princesa.

—De eso nada, monada. Porque quiero a una chica que vi esta mañana.

Las hadas se miraron entre sí. ¿Por qué tenía que rimar todo?

—Eso está muy bien —dijo Molly—, porque hablamos precisamente de ella.

Las hadas se acercaron al Príncipe y le explicaron todo.

—Besaré a la doncella. Llévenme con ella —gritó el Príncipe cuando lo entendió.

—Primero —chilló Wanda—, necesitarás tu escudo de valor y tu espada de la verdad.

Las hadas sacaron las cosas de la nada. El Príncipe aplaudió por la magia.

—¡Estupendo! —dijo—. ¡Vamos corriendo!

El Príncipe salió corriendo del calabozo con su misión de besar a la Princesa.

—¿No crees que todas esas poesías pueden distraer su atención? —preguntó Carcelera.

—Es un chico muy extraño —respondió Molly.

Las hadas asintieron.

Egoella fue tras el Príncipe. Parecía que sabía que se había escapado incluso antes de que lo hiciera.

—¡No tan deprisa, príncipe con granos! —chilló.

El Príncipe trepó hasta la colina que pasaba por encima del foso.

—¡No pienso dejar que la beses y termines con mi diversión! —exclamó Egoella.

—No puedo quedarme hada malvada.
Tengo que besar a mi bella amada.

Me quedaría contigo a conversar,

pero no tengo tiempo ni de respirar.

El Príncipe salió disparado hacia el bosque. Egoella levantó los brazos e hizo arder unos árboles que había cerca. Pero el Príncipe estaba a salvo dentro del bosque.

—¡DEMONIOS! —gritó y agarró al cuervo por el cuello. Agitó el pájaro hacia el Príncipe—: ¡Todavía no has ganado!

—¡Allá voy contento porque me lleva el viento! —contestó él.

—¡Deja de hacer poesías! —gritó.

—¡Perfectas para este día! —contestó él y se metió entre unas enredaderas con su espada de la verdad. Dos grandes ramas se cayeron justo encima de Egoella. Las consiguió evitar, pero, al hacerlo, perdió de vista al Príncipe. Las otras hadas miraban desde lejos y chocaron las cinco entre todas.

—¡Aaaaaah! —gritó Egoella—. ¡Cómo se atreven! ¡Me han roto uno de mis dientes perfectos! ¡Pagarán por ello!

—Cada vez me gusta más ese Príncipe —dijo Wanda.

Mientras Egoella gritaba, el Príncipe se escabullía rumbo al reino. Corrió por pasadizos secretos por los que había jugado de niño. Al poco tiempo, estaba en las puertas del palacio de la Princesa.

—*Toc, toc, ¿se puede pasar?*
Amor mío, no puedo esperar.

La puerta se abrió. ¡Allí estaba Egoella!

—¿Crees que soy tonta? ¿Crees que vencerás?

—No lo creo, yo lo sé. Pronto lo verás —contestó el Príncipe.

Levantó su escudo de valor y embistió contra la puerta.

—No me impresionas —gritó el hada. Con su malvado poder le arrebató el escudo de la mano—. ¡Estás ridículo, da un paso al frente!

—Pues a ti te falta un diente.

Egoella tragó saliva y se tapó la boca toda avergonzada. El Príncipe salió disparado hacia las escaleras que daban a la torre de la Princesa. Egoella lo alcanzaba en cada tramo, pero el Príncipe resistía sus ataques con la espada. Las hadas observaban muy preocupadas.

—Te...tendríamos que hacerle un favorci...to ¿no? —susurró Blossom.

Wanda no esperó la respuesta. Voló hacia Egoella.

—¡Toma esto! —chilló. Le empezó a dar patadas con sus piececitos. En un instante le había sacado a Egoella todos los dientes que le quedaban.

—Mmfmmfmmfhjmf —intentó decir Egoella. Sin dientes no podía decir ninguna palabra malvada. No podía decir ningún hechizo (¡ni presentarse a un concurso de belleza!).

Molly golpeó su varita contra la pared que había detrás de Egoella y apareció una ventana.

Blossom voló muy cerca y dijo: —¡Has...ta luego, te...terrible hada!

Egoella intentó esquivar la saliva voladora de Blossom, pero acabó cayéndose por la ventana.

—¡Bravo! —los niños estaban felices. Shrek sonrió.

■¡MMFMMFMMFHJMF! —gritó Egoella. Luego se oyó un gran chapoteo. Egoella desapareció en el foso.

En ese momento, el príncipe se arrodilló ante la durmiente Rosa y la besó en los labios. Las hadas aguantaron la respiración. ¿Funcionarían sus hechizos?

Rosa parpadeó dos veces y sonrió al Príncipe.

—La vida será una maravilla —susurró.

El Rey y la Reina fueron corriendo a la habitación mientras el Príncipe y la Princesa se abrazaban. La Reina sonrió y se secó una lágrima.

—Qué Princesa más bella —dijo.

—Hacen una pareja perfecta —susurró el Rey.

Shrek levantó la mirada. El osito y el gnomo de orejas puntiagudas estaban sonriendo. El enano de la barriga gorda y la pequeña hada daban grititos de alegría. Burro tenía lágrimas de felicidad.

Alegres campanas repicaron por todo el reino. ¡La Princesa estaba en casa!

—¡Bravo! —gritaron los niños y bailaron.

—¡Maravilloso! —exclamó Burro—. ¡Eso sí que es lindo!

Shrek se rió y dijo: —Y todos vivieron felices para siempre.

Shrek miró a Burro y le preguntó: —¿Está bien?

—Claro, Shrek —dijo Burro—, ya sabes que me encantan los finales felices.